PENNOD 1

Roedd Dai Dewin, mab y dewin,
yn eistedd ar riniog ei ddrws ffrynt.
Roedd ei gôt yn ei law ac roedd yn
aros am ei fam.

Fe glywodd sŵn rhyfedd uwchben.

3

Roedd y drws ffrynt newydd gael ei beintio ac roedd tâp wedi cael ei roi dros y cnocar drws pres i'w arbed rhag y paent.

Safodd Dai a rhwygo tamaid o'r tâp i ffwrdd . . .

4

Tynnodd y gweddill i ffwrdd.

Ond roedd gan y cnocar drws dewinol rywbeth i gwyno amdano bob amser.

Fe sticiodd Dai ddarn bach o dâp yn ôl dros geg y cnocar drws.

Y foment honno fe agorodd y drws.

Fe ddaeth tad Dai mas.

Peilot awyren oedd mam Dai ac
roedd hi byth a beunydd yn hedfan i
bedwar ban y byd. Weithiau roedd
hi'n hwyr yn cyrraedd gartref.
8

Y foment honno, fe welodd tad Dai y darn o dâp dros geg y cnocar drws.

Gallai fod wedi ei dynnu gyda'i law, ond achos mai dewin oedd e, roedd yn well ganddo fe ddefnyddio dewiniaeth. Fe benderfynodd fwrw hud gyda'i eiriau swyn.

Tynnwch y tâp!

9

Yn anffodus, doedd tad Dai ddim yn ddewin da iawn ac roedd ei ddewiniaeth yn mynd o chwith yn aml.

Fe aeth '*Tynnwch y tâp*' yn '*Tynnwch siâp*' mewn camgymeriad.

'Mae gen i ofn y bydd raid i ni fynd ar y trip ein hunain,' meddai Dad.

Felly, fe aeth Dai a'i dad a'u ci, Pero, i'r car, a mynd am lan y môr.

PENNOD 2

Ar ôl gyrru am awr dyma nhw'n gweld y môr.

'Beth hoffet ti wneud gyntaf?' gofynnodd tad Dai. 'Mynd i lan y môr neu'r ffair bleser?'

'Ffair Bleser yr Anghenfil Anhygoel!' meddai Dai.

Erbyn cyrraedd
y ffair roedd Dai
wedi cyfri ei arian
ac roedd yn gwybod
yn union beth
yr oedd eisiau ei
wneud.

Fe aethon nhw ar reid awyren.

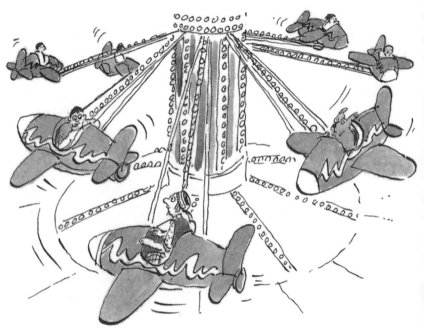

Fe fwyton nhw hufen iâ.

Fe aethon nhw ar y ffigyr-êt.

WHWWSH!

15

Fe geision nhw chwalu'r twmpath
caniau . . .

. . . a siglo llaw gyda
rhai o weithwyr y
ffair oedd mewn
gwisgoedd
anghenfil.

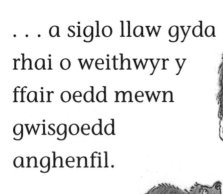

PENNOD 3

Ac wedyn, dyma'r foment roedd Dai wedi bod yn disgwyl yn eiddgar amdani yn cyrraedd – reid ar Drên yr Ysbryd Arswydus.

Talodd tad Dai
am y reid ac i
mewn i'r cerbyd
â nhw.

Gyda sgrech uchel . . .

WaaAAAAAAAAaaaaaaaaa

. . . fe agorodd y drws ac fe symudodd
y cerbyd i'r tywyllwch.

Teimlodd Dai rywbeth

BRWSH

yn rhwbio
yn erbyn
ei wyneb.

Yna, fe ymddangosodd penglog gyda
llygaid gwyrdd a dannedd gwynias
yn gwenu gwên ddychrynllyd.

Fe drodd y cerbyd mas i'r awyr agored eto ac aeth yn syth am dŵr Draciwla.

Wrth iddyn nhw fynd trwy ddrws, fe ddechreuodd Draciwla eistedd lan yn ei arch . . .

. . . yna fe stopiodd y cerbyd ac aeth popeth yn dawel.

Fe glywon nhw lais yn dweud . . .

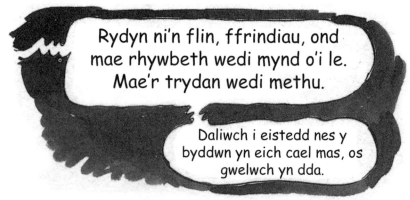

Rydyn ni'n flin, ffrindiau, ond mae rhywbeth wedi mynd o'i le. Mae'r trydan wedi methu.

Daliwch i eistedd nes y byddwn yn eich cael mas, os gwelwch yn dda.

Roedd Dai yn teimlo'n eitha crac achos ei fod wedi edrych ymlaen cymaint am y reid yma.

Sylweddolodd Dai yn syth ei fod wedi torri ei reol euraid ei hun – os oes gennych chi dad sy'n ddewin anobeithiol, peidiwch byth â gofyn iddo fe roi unrhyw beth yn ei le gyda dewiniaeth.

Ond roedd hi'n rhy hwyr, roedd ei dad ar fin dweud ei eiriau swyn.

Y trydan – dere'n ôl yn nawr!

Fel arfer, fe aeth pethau o chwith ac fe drodd y ddewiniaeth i: '*O'r tŵr Drac – dere cyn y wawr!*' Fe olygodd hyn fod Draciwla . . .

. . . yn llamu mas o'r tŵr . . .

. . . ac yn diflannu i mewn i'r dorf.

Fe gynhyrfodd
Dai yn lân.

Fe bendronodd
ei dad o ddifri.

Yna, dywedodd eiriau swyn eto.

Ond fe drodd y geiriau yn
'Angenfilod! Nawr ewch 'da Drac!'

25

Nawr, roedd pob anghenfil yn reid Trên yr Ysbryd Arswydus mas yn cerdded.

27

PENNOD 4

Dringodd Dai a'i dad mas trwy
ffenestr y reid.

Fe aethon nhw ar frys trwy'r ffair ac yn
fuan fe gawson nhw gip ar y gorila.

Nawr, doedd Dai na'i dad ddim yn gwybod pwy oedd yr angenfilod go iawn a phwy oedd y gweithwyr mewn siwtiau anghenfil.

Roedd angenfilod i'w gweld ym
mhobman . . .

. . . ac er bod tad Dai wedi addo peidio
â defnyddio mwy o eiriau swyn, roedd
yn rhaid iddo fe geisio unwaith eto.

Ond daeth yr hud mas fel *'Angenfilod! Rhowch eich wyneb i bob dewin!'*

Yn union wedyn fe glywon nhw sŵn seiren.

Fe gyrhaeddodd car heddlu yn y ffair a daeth tri phlismon mas ar frys.

Roedd diwrnod Dai yn y ffair wedi
bod yn un rhyfedd iawn – ac roedd
pethau ar fin mynd yn waeth.

PENNOD 5

Fel roedden nhw'n eistedd yn y car yn pendroni beth i'w wneud nesaf, fe sylwodd Dai ar rywbeth.

Hei, Dad!

Roedd rhai o'r angenfilod yn rhedeg tuag atyn nhw.

Mewn eiliad, roedden nhw wedi agor drws y car ac wedi neidio i mewn.

Fe dynnodd yr angenfilod eu mygydau.

Felly fe yrrodd tad Dai y lladron i'r
maes awyr mor gyflym ag y gallai.

Fe ddaethon nhw at
ymyl rhedfa'r
awyrennau fel
roedd un awyren
yn glanio.

Neidiodd y lladron mas o'r car
a dweud wrth Dai a'i dad am fynd
mas hefyd.

Rhedon nhw ar
draws rhedfa'r
awyrennau . . .

. . . a gwthio'n driphlith draphlith i mewn i'r awyren. Roedd y peilot yn gwisgo mwgwd hefyd.

Symudodd yr awyren yn ôl i lawr y rhedfa . . .

. . . a chodi i'r awyr.

PENNOD 6

Fel roedd yr awyren yn codi i'r awyr, dyma deithiwr arall yn ymddangos o rywle yn annisgwyl . . .

. . . a chodi ofn ar y lladron.

Fe drodd peilot yr awyren yn ôl
a glanio unwaith eto.

Wrth i'r olwynion gyffwrdd â'r
ddaear, dechreuodd dewiniaeth Dad
golli'i effaith.

Yna, tynnodd y peilot ei fwgwd.

Yn fuan, roedd ceir yr heddlu yn
gylch o gwmpas yr awyren ac fe
gafodd y lladron eu dal.

45

Wrth i'r tri ohonyn nhw gerdded am y car, fe eglurodd mam Dai beth oedd wedi digwydd.

Achos fy mod i'n hwyr, roeddwn i wedi gallu benthyca awyren gan ffrind sydd hefyd yn beilot . . .

. . . fel fy mod i'n gallu hedfan i lawr yma i ymuno â chi.

Fe glywais ar y radio bod lladrad wedi digwydd.

A hefyd, fe glywais i'r lladron yn siarad ar eu radio nhw.
Pan neidiodd yr angenfilod hyn mas o'ch car a rhedeg tuag at fy awyren i, roeddwn i'n gwybod eu bod wedi gwneud camsyniad.

Fe gysylltais i â'r heddlu . . .

. . . a gwisgo'r mwgwd yma.

47

Yn ôl gartref roedd y cnocar drws mewn hwyliau drwg iawn.